AF581422

LA VICTOIRE DV ROY

CONTRE LES ANGLOIS au Siege de la Rochelle,

ET LA REDVCTION de sadite ville à son obeissance.

Par MARC LESCARBOT Escuier Sieur de Vviencourt & Sainct Audebert, Aduocat en Parlement.

A PARIS,

M. DC. XXIX.

AV ROY

SIRE,

En la liesse publique de voz triomphes ayant veu plusieurs de ceux qui mettent voz louanges par escrit ne pas mieux faire que moy ; I'ay pensé que presentant non sur vos autels,comme parlẽt ceux-là, mais à vostre Majesté ma petite offrande(qui a pour sujet les victoires que Dieu vous a donnees contre vos ennemis)elle lui pourroit estre aggreable,en continuant ce que mon peu de loisir m'a permis d'auoir fait sur l'expulsion des Anglois de vostre ile de Rez. A quoy ie me suis d'autant plus delecté, que la souuenance de Messire Theode de Valpergue (des seruices duquel & de sa posterité ie suis heritier) m'y a inuité, Ayant iceluy jadis amené deux mille hommes de pied & six cens lances de par le Duc de Ferrare en vn temps bien necessaire au Roy Charles septiesme l'vn de voz predecesseurs, pour ayder à chasser la mesme nation de la France, comme elle fut. En consideration dequoy, & des seruices rendus à vostre Coronne par Mre George de Valpergue Cheualier de vostre Ordre aux siege & bataille de sainct Quentin, & Charles de Valpergue son fils mon beaupere au siege d'Amiens, & durant tous les troubles de la Ligue (dont i'ay des preuues en main, qui seroient longues à representer en ce lieu) Il vous plaise, SIRE, fauoriser de quelque effect de vostre bien-vueillãce à ce commencement de l'année M. DC. XXIX.

Vostre tres-humble & fidele seruiteur & sujet MARC LESCARBOT,

Et Damoiselle FRANÇOISE DE VALPERGVE *sa femme.*

LA VICTOIRE DV ROY contre les Anglois au siege de la Rochelle. Et la reduction de ladite ville à son obeissance.

E chante de mon Roy la victoire nauale,
Souz laquelle a flechi la puissance Royale
Du Prince des Anglois, qui par occasion
De fauoriser ceux de sa religion
Meditoit d'establir dans l'Estat de la France
Vn Estat qui s'offroit luy rendre obeissance,
Tant oublieux estoit le rebelle François
De l'amour de son Prince & des diuines loix,
Et tant estoit l'Anglois oublieux de soy-mesme,
Et de l'ile de Rez qui fut sa honte extreme.
Car le flambeau du iour n'auoit encore fait
Dans l'écharpe du ciel vn voyage parfait
Depuis que Bouquinquan fut chassé de cette ile
Auec perte des siens de plus de huict fois mille,
Et maintenant voici qu'auant l'an reuolu
Le Prince d'Albion retourne resolu
D'attaquer puissamment la Françoise puissance,
Puis que de l'ébranler on lui donne esperance,

Ce n'est plus Bouquinquan qui la flotte conduit,
Il est enseueli dans l'eternelle nuit
D'un funebre tombeau: Celui qui la commande
Est d'une experience & sagesse plus grande.
Mais il ne cognoit point que la faueur des Cieux
Assiste nostre Roy contre ses enuieux,
Et renforce les bras, les nerfs, & le courage
De cil qui iustement deffend son heritage.
On ne lui a point dit tout le mal arriué
Sur l'Anglois quand il s'est contre nous eprouué.
Et ne doibt esperer plus heureuse fortune,
La force du François demeurant toujours une.
Rebelles Rochelois causes de tout ceci,
Vous estiés cideuant capables de merci,
Et pouuiés esperer de vostre Roy la grace
Venans vous prosterner humbles deuant sa face,
Mais vous estes au poinct d'estre par vostre orgueil
Malheureux sur tous ceux qu'esclaire le Soleil.
Et quand voz murs seroient eleuez sur les nuës
Plus orgueilleusement que les Alpes cornuës,
Vous qui tant nous preché & sainct Paul & la Loy
Ne sçauriés euiter l'ire de vostre Roy.
Il ne vous reste plus maintenant que la vie
Qui bien-tost vous sera par un cordeau rauie,
Si ce Roy tout clement ayant pitié de vous
N'esteint contre raison le feu de son courroux.
Car voici ia desia plus de deux mille courses
Que le Soleil a fait au milieu des deux Ourses
Depuis qu'il vous semond luy rendre le deuoir
Qu'un iuste Prince doibt sur ses sujets auoir.
Et vous aués osé non songer, mais pis faire,
Et vous aués osé luy declarer la guerre,

Et plus que criminels appeller l'Etranger
Pour du siege entrepris le faire deloger!
O crime audacieux, ô forfait temeraire,
Auquel vous ne pouués que par mort satisfaire!
Vous n'auez pas pourtant de vostre intention
Veu l'accomplissement: Vostre rebellion
A fait de nostre Roy mieux éclater la gloire
Quand il a dessus vous obtenu la victoire.
Que di-ie, dessus vous? Non vous, mais vn grand Roy
Qui trois Coronnes porte, & qui tient sous sa loy
Trois peuples differens vrays enfans de Neptune,
Desquels git sur les flots la meilleure fortune.

Ce Roy pour mettre à chef ses releuez desseins
(Qui toujours ont esté contre la France vains)
Mit en mer cent vaisseaux & cent autres encore
Lors que mipartissoit les iours & nuicts l'Aurore,
Et que le blond Phœbus au signe du Taureau
Commençoit nous monstrer son visage plus beau,
Pour donner le secours & se rendre le maistre
Dans la ville qui veult pour son Prince l'admettre.
Les voiles sont au vent, & le soldat Anglois
Ia pense commander au port des Rochelois.
En fin la flotte vient, mais (contre son attente)
Elle ne trouue point où faire sa descente.
Elle tente, elle auance, elle fait vn effort
Pour entrer malgré nous dans le desiré port.
Mais en vain. Car ce Roy qui campe à la Rochelle
Tient trop bien clos le port de sa ville rebelle.
Par vn art plus qu'humain il a barré la mer
Et ses flots empeché de venir écumer

Contre la double tour des Rochelois, en sorte
Qu'ilz n'y paruiennent plus que comme vne onde
morte.
L'Ennemi ne voyant moyen de nous forcer,
Ny de pouuoir la Digue ou barriere fausser,
Se retire : & depuis battu de maint orage
Vient échouer sur le sien & sur nostre riuage :
Partie bat la mer & vole le Marchant
Iusques en Canada sa despouïlle cherchant.
Ce qui peut échapper à Londre se retire,
Où l'on assemble encor nauire sur nauire
Pour à l'autre equinoxe en puissance venir
Dont la posterité puisse se souuenir.
La Canicule auoit ia roti les campagnes,
Et fait leuer les fruicts des vaux & des monta-
gnes,
Ne restoit que Bacchus venu tardiuement,
Et (à nostre regret, helas!) bien chichement,
Quand voici arriuer la flotte Martiale
Du Roy des vieux Bretons, & sa force nauale.
Mais, ô Roy, que fais-tu? O Roy pardonne moy
Si en ton interest libre ie parle à toy.
Hé, ne t'a-on pas dit que l'Ange de la France
Est cil qui a veincu le diable & sa puissance?
Que l'Ange des Anglois est d'vn ordre plus bas,
Qui sur l'Ange François ne s'eleuera pas?
Hé, ne t'a-on pas dit que vous eutes du pire
Quand noz preux Richemont, Cullan, Poton, la
Hire,
Le Batard d'Orleans, le Dunois, & Harcourt
La Trimoüille, Boucquan, & Valpergue, & Gau-
court.

La Fayette,

La Fayette, Prulli, Rieux & Boussac & celle
Que lon a surnommé d'Orleans la Pucelle,
Orual, Guitri, Du Glas, & autres Cheualiers
Dont les noms sont escrits és fideles cayers
De nos Historiens, de France vous bannirent
Et de vous retirer par armes contraignirent ?
T'a-on donc deguisé ce qui est aduenu
Quand en l'ile de Rez Bouquinquan est venu ?
Et quoy ? ne sçais-tu pas, ô magnifique Roy,
De ton dernier secours la fuite & desarroy ?
Que si lors que la Digue estoit encore à faire
Tes foudres & soldats ne nous ont sceu mal faire,
Ores que l'œuure est fait, en quoy git ton espoir ?
Nostre Roy glorieux a-il moins de pouuoir
Que pour lors il auoit ? Les fols qui te conseillent
Conseillent mal, & mal à tes affaires veillent.
Car voici que ta flotte ainsi qu'auparauant
Sans gloire & sans honneur, n'ayant fait que du vent,
Vers toy retournera confessant qu'Angleterre
Doibt par droit rendre homage à la Françoise terre.

Les approches se font, & le soldat Anglois
A venir au combat nous prouoque cent fois,
Cuidant rompre les rangs de la flotte guerriere
A qui commise estoit la marine barriere,
Mais noz gens auisez ne démarchent d'vn pas,
Attendent le combat, & ne le cherchent pas,
Ayans tant seulement intention de faire
Que l'Ennemi rusé ne face son affaire,
Et ne donne secours au Rochelois mutin,
Qui ne voit, aueuglé, sa deplorable fin.

Cependant aussi-tot que de l'armee Angloise
Le bruit eut aduerti la Noblesse Françoise,
En vn instant voici trente mille guerriers
Ducs, Marquis, & Barons, & nobles Cheualiers
Venir de toutes parts apporter tesmoignage
De leur affection, & qu'ils ont du courage
Quand leur Prince il conuient assister au besoin,
L'ennemi mettre en route & le chasser au loin.
L'Anglois voyant ceci ne veut plus nous combattre,
Mais par art & par feu s'efforce de nous battre.
Et comme enfans perdus ennoye neuf brulons
Brulans pour nous bruler & pour nous mettre à fonds,
Mais noz Basques hardis & prompts à la marine
Ecartent les brulons loin de nostre ruine,
Et font qu'au brulement nous auons du plaisir
Autant que le brulant y a de desplaisir,
Et parmi ces brulons cent mille canonnades
Ne manquent, pour forcer noz fortes barricades,
Mais si cet Insulaire attaque viuement,
Le François secondant repartit doublement,
Et fait couler à fond cinq ramberges puissantes
Qui pour nous foudroyer furent là trop presentes.
Et là mille soldats auecque leurs vaisseaux
Furent au mesme instant abymez souz les eaux.
L'Insulaire pourtant de cela ne s'étonne,
Et lors que plus sur nous son canon ne bourdonne,
Il charge de nouueau des salpetreux petars
Sur des arbres flottans comme sur des rempars
Pour nous en petarder, & durant la furie
Des canons secondans cette petarderie

S'emparer de la Digue, & donner le secours
Que la Rochelle attent il y a deux cens iours.
Nous allons au-deuant, & nostre diligence
Du petardeur petart romp le coup & l'offense,
Car le temps de peter non encore venu
Auoit par nous esté sagement preuenu.
Et tout ceci se fait à tes yeux, ô mon Prince,
Qui ne te donnes tréue à sauuer ta prouince.
Tu disposes de tout par vn meur iugement,
Et de tout t'appartient la gloire entierement.

O Roy que la justice & la bonne fortune
(Soit sur le champ de Mars, ou les flots de Neptune)
Fauorisent par tout, Puisse-ie voir le temps
Qu'apres tant de lauriers de ton ieune printemps,
Par les bornes du ciel se borne ta puissance,
Et que tout l'Vniuers te rende obeissance.

L'Anglois recognoissant sa chetiue vertu
Confesse sans combattre estre assez combattu,
N'ayãt pour tous exploicts fait tenir qu'vne barque
A ces cœurs endurcis ja butin de la Parque,
Et cette barque encor portee par les flots
Au dela de la Digue & par dessus son dos.
Cela fait, piaffant sur la moite campagne
Vient malheureux se perdre és cotes de Bretagne.
Là Neptune irrité quatorze en engloutit,
Et peu de iours apres l'Admiral s'entr'ouurit
Par le choc violent de mainte vague forte
Qui l'engloutit de mesme, & cent autres, en sorte
Que se voulant Thetis purger de tant de morts
Les enuoye à grands tas sur noz funestes bords.
Ce qui se peut sauuer de ce triste naufrage
Hideux comme la mort s'abandonne au pillage,

Et peuuent à-grand-peine euiter le trépas
Capitaines, ouuriers, matelots, & soldats.
Car à-l'encontre d'eux s'eleuant la Commune
Chacun veult aggrauer leur mauuaise fortune,
Mais vn homme discret, le sage Querolin
Empeche la fureur de ce peuple malin.
Vous en estes tesmoins Morlais, & Venne encore,
Et Quinpercorentin, & Sainct-Paul (que i'honore
Pour l'antique maison de mes nobles ayeux.)
Ces Anglois echappez sont encore à vos yeux
Mendians en pitié le soustien de leur vie,
Regrettans que de mort elle ne fut suiuie
Lors que leurs compagnons ilz virent abymer
Dans les flots écumeux de la gloutonne mer.
Voila comme le ciel abbaisse l'arrogance
De celui qui se fie en sa propre puissance.
Voila l'Anglois veincu & pour jamais domté,
Voila l'Anglois de nous pour long temps écarté.
Car celui-là veincu bonnement se peut dire
Qui est venu pour veincre, & mocqué se retire.
Iusqu'ici vous n'aués, superbes Rochelois,
Voulu de vostre Prince ouir la douce voix,
Mais le temps est venu que n'ayans plus d'attente
Au secours des mortels, vne main violente
Vous ostera bien-tot la lumiere des cieux,
Si ce Roy ne vous est misericordieux.
O debonnaire Roy, ô Roy plein de clemence,
Donne tréue à ton ire, & ne venge à outrance
Le forfait de ceux-ci. Prince souuienne toy
Que l'image de Dieu est en celle du Roy.
Que cõme Dieu pardõne, vn Roy doibt tout de mesme
Pardonner au sujet qui vient à face bleme

Requerir le pardon. Souuienne toy außi
Qu'vn bon pere reçoit son enfant à merci
Quoy que facheux, rebelle, & hayant discipline.
Grand Roy, tu es le pere à cette gent mutine.
Elle t'a irrité, mais elle paye bien
Son endurcissement à cognoistre son bien.
Car il y a long temps que ce peuple superbe
Est reduit à la faim contraint de paistre l'herbe.
Les cheuaux, les mulets, asnes, & chiens, & chats,
Les cuirs, les parchemins, les souris, & les rats
Ont à leurs estomachs serui de nourriture,
Et leurs corps tout viuans ja sont en pourriture,
Le vif dessus le mort en vn mesme tombeau
En attendant la mort se colle sur sa peau.
Bref la cruelle faim dans cette pauure ville
T'a raui de sujets plus de deux foù dix mille.
Conserue le surplus qui se vient rendre à toy
Pour mieux que ci-deuant se ranger souz ta loy.
O grand Roy qu'ést-ce-cy, i'oy ta voix qui pardonne,
Et qui à ces mutins & vie & biens redonne.
Que toutes nations exaltent ta bonté,
Que le Ciel s'en emeuue, & que bien-tot porté
Du vent de ta faueur, ie puisse ta louange
Chanter outre le Nil & l'Euphrate & le Gange.

CANTIQVE AV ROY

Sur la reduction de sa ville de la Rochelle à son obeïssance.

Chanté en Musique à l'arriuée & entrée triomphante de sa Majesté en sa ville de Paris au retour de ses victoires contre les Anglois.

DIEV que de merueilles
Et choses nompareilles
Nous voyons de noz jours!
Il semble que les astres
Bannissent les desastres
De la France à toujours.

Apres tant de faicts d'armes
Pourrons-nous bien les larmes
Essuier de nos yeux?
Veu que toute la France
Pleure d'éjouïssance
Et s'égaye en tous lieux

Sur l'heureuse nouuelle
Que le François rebelle

Eſt maintenant domté,
Et de ſes villes fortes
A ouuertes les portes
A ſon Roy redouté?

Si de ioye l'on pleure
Pleurons donc à cette heure
En exultation.
Mais eſſuions noz larmes
Ores francs des alarmes
De la rebellion.

La France diuiſee
N'eſt plus ore en riſee
Aux peuples ſes voiſins.
Noſtre Roy par ſa dextre
S'en eſt rendu le maiſtre
En deſpit des mutins.

O combien noble Prince,
As-tu dans ta prouince
De monſtres debellé,
Qui t'ont dés ton enfance
Par folle outrecuidance
Sans cauſe querelé!

Maintes puiſſantes Ligues
Et factions & brigues
Emeuës contre toy,
Ont propoſé te nuire
Et ton Eſtat reduire
En facheux deſarroy.

Mais le ciel qui ton throne
Conserue & ta Corone,
A toujours découuert
Leurs complots & feintises,
Et a leurs entreprises
Mises à découuert.

Les publiques histoires
Pleines de tes victoires
Amplement le diront,
Et dans la renommee
De ta gloire animee
Toutes gens le verront.

Cette forte Rochelle
Que lon disoit pucelle
Augmentera ton los,
Estant ore reduite
Comme la plus petite
Ville des Huguenots.

En elle ta clemence
Et ta grand' patience
Vn chacun pourra voir,
Quand ta misericorde
Ta bonté lui accorde
Pardessus le deuoir.

Le merité supplice
Deub à son malefice
Du moins estoit la mort,

Ayant par son audace
Osé prendre à ta face
Des Anglois le support.

Ta Royale presence
A garenti la France
Contre cet Etranger,
Qui pretendoit la faire
A son gré tributaire
Et bien-tost s'y loger.

Mais Dieu qui de son throne
Des faicts humains ordonne
Par iuste contrepois,
A ruiné l'emprise
Des Anglois & Soubize
Et des mauuais François.

L'ile de Rez tesmoigne
Comme le ciel besoigne
Contre l'ambitieux,
Lors que Bouquinquan quitte
Par sa deffaite & fuite
Ce gage precieux.

Deux cens villes encore
De Bearn & Bigorre,
Languedoc, Nauarrin,
Querci, Roergue, Guienne,
De Poictou & Seuenne
Iusqu'au païs Dauphin

Que tu as à main forte
Subiuguees en sorte
Qu'elles tremblent souz toy,
Tesmoignent tes louanges
Es prouinces étranges
Qui ne sont souz ta loy.

Sur tout cette Rochelle
Depuis cent ans rebelle
Qui rien ne redoutoit,
Fait qu'ore ton nom vole
Iusques à l'autre pole
Qui ne te cognoissoit.

Tu as fait vn ouurage
Incognen à tout aage,
Tu as barré la mer,
Ce que ni l'Angleterre,
Ni ta rebelle terre
N'auoit peu estimer.

Ainsi Dieu re[illegible] confuse
La secte qui abuse
De la Religion,
Et se partialise
Dans l'Estat de l'Eglise
Et de sa nation.

Tu n'eusses (la Rochelbe
A toy-mesme cruelle)
Deuoré tes enfans:

Ta liberté sauuee
T'eust esté conseruee
Et à tes suruiuans,

Si du liure de vie
Il t'eust pris quelque enuie
De prendre vne leçon,
D'obeir à ton Prince,
Qui est dans sa prouince
Comme dans sa maison.

Montauban, Nimes, Castres,
Voyans tous ces desastres
Reuenés au deuoir
D'estre enfans de la France,
Si par vostre arrogance
Ne voulez pis auoir.

On attribuë ces deux vers à nostre sainct Pere le Pape, duquel les excellentes Poësies sont dés y a long temps publiques.

ERGO LODOICE EVINCIS VIRTVTE REBELLES,
FORTIS CVM IVSTI NOMINE NOMEN HÆBE.

PRIVILEGE.

PAR grace & priuilege du Roy nostre Sire signé Par le Conseil, Malo, & sellée à Paris le cinquiesme iour de Ianuier l'an de grace M. DC. XXIX. Il est permis à Marc Lescarbot Sieur de Vviencourt & sainct Audebert, Aduocat en Parlement, de faire imprimer, vendre, & distribuer par tel Imprimeur & Libraire que bon lui semblera, vn ou plusieurs escrits intitulez, *La Chasse aux Anglois en l'ile de Rez & au siege de la Rochelle, &c.* durant le temps de six ans; Pendant lequel defenses sont faites à tous Libraires & Imprimeurs d'imprimer, vendre ni distribuer lesdits Escrits sans le congé & permission dudit Sieur de Vviencourt, à peine de confiscation d'iceux, & de tous despens, dommages & interests, selon que plus amplement est exposé és lettres dudit Priuilege. Ce qui est ici notifié, & que ledit Sieur de Vviencourt a permis à François & Iulian Iacquin Imprimeurs d'vser dudit Priuilege, à ce que nul n'en pretende cause d'ignorance.

www.ingramcontent.com/pod-product-compliance
Lightning Source LLC
LaVergne TN
LVHW050511160826
845677LV00003B/1060

9782329634630